# Palabras que debemos aprender antes de leer

departamento

discutir

exige

gofres

imitar

molestar

mortificando

rezongo

www.rourkepublishing.com

Edición: Luana K. Mitten
Ilustración: Helen Poole
Composición y dirección de arte: Renee Brady
Traducción: Yanitzia Canetti
Adaptación, edición y producción de la versión en español de Cambridge BrickHouse, Inc.

ISBN 978-1-61810-542-4 (Soft cover - Spanish)

Rourke Publishing
Printed in the United States of America,
North Mankato, Minnesota

www.rourkepublishing.com - rourke@rourkepublishing.com
Post Office Box 643328  Vero Beach, Florida 32964

# ¡PAREN
## de discutir!

Gladys Moreta
ilustrado por Helen Poole

Soy Mateo y esta es mi familia. Vivimos en el departamento número 327, en la ciudad de Nueva York. Todo estaría bien si Madelín, mi hermana pequeña, no molestara tanto.

Además de hablar demasiado, Madelín siempre me imita en todo.

Yo quiero a mi hermano mayor

Madelín

Papá y Mamá dicen que ella me imita porque quiere
ser como yo.

—Madelín, Mateo, despierten. Van a llegar tarde a la escuela —nos llama Papá.

No quiero ir a la escuela.

10

—¿Por qué me tienes que imitar? —grito.

—No te estoy imitando... Estoy enferma —grita Madelín.

—Tú no estás enferma. Solo me estás mortificando —rezongo.

—Papá, dice Mateo que estoy molestando —grita
Madelín.

—Mateo, no seas malo con tu hermana —exige Papá.

—Ella siempre me está imitando —le digo—. ¡Solo quiero que pare!

13

—Ustedes deben dejar de discutir y molestarse. Mateo, ayuda a tu hermanita a prepararse para la escuela —dice Papá.

15

—Mamá, ¿puedo comer gofres en el desayuno? —pregunto.

—¡Yo quiero gofres también! —dice Madelín.

—Hay gofres suficientes para todos —dice Mamá—.
No discutan más.

Tal vez Mamá y Papá tengan razón. Las mañanas no son nada divertidas cuando estamos discutiendo. Tengo que pensar en una manera de llevarme bien con mi hermana.

Tal vez podría preguntarle lo que quiere para el desayuno y ayudarla a preparárselo mientras yo preparo el mío.

A la mañana siguiente, le di los buenos días a mi hermana y ella me devolvió una sonrisa. Luego la ayudé a hacer el desayuno. Ahora ella está feliz, yo estoy feliz, ¡estamos TODOS felices!

# Actividades después de la lectura

## El cuento y tú...

¿Por qué Mateo estaba enojado con su hermana?

Cuando Mateo discutía con su hermana, ¿lograba que mejoraran las cosas?

¿Alguna vez has discutido con tu hermano o tu hermana? ¿Y con un amigo?

## Palabras que aprendiste...

Elige tres palabras de la siguiente lista. Escribe en una hoja de papel una oración donde uses esas tres palabras. ¡Asegúrate de que tu oración tenga sentido!

| | | |
|---|---|---|
| departamento | gofres | mortificando |
| discutir | imitar | rezongo |
| exige | molestar | |

## Podrías... escribir un cuento sobre alguna discusión que hayas tenido.

- ¿Sobre qué discutieron?

- ¿Con quién discutiste?

- ¿Cómo resolvieron la discusión?

- ¿Qué harás diferente la próxima vez que tengas una discusión?

# Acerca de la autora

Gladys Moreta vive en Kissimmee, Florida, con su esposo y sus dos maravillosos hijos. A sus niños les encanta pasar tiempo juntos pero a veces discuten y se enfadan. De todos modos, ellos siempre terminan su día con una sonrisa y con algo bueno que decir acerca del otro.

# Acerca de la ilustradora

Helen Poole vive con su novio en Liverpool, Inglaterra. En los últimos diez años ha trabajado como diseñadora e ilustradora de libros, juguetes y juegos para muchas tiendas y editoriales del mundo. Lo que más le gusta de ilustrar es desarrollar un personaje. Le encanta crear mundos divertidos y disparatados con colores vívidos y brillantes. Ella se inspira en la vida cotidiana y lleva siempre un cuaderno... ¡porque la inspiración suele sorprenderla en los momentos y lugares más insólitos!